D'Eoin, Tom, Dara, Kate, Sarah, Anna agus Claire — Patricia

Do m'iníon, Banba — Brian

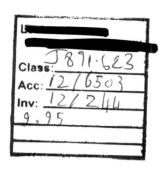

Foilsithe den chéad uair ag Futa Fata, An Spidéal, Co. na Gaillimhe, Éire
An chéad chló © 2011 Futa Fata

An téacs © 2011 Patricia Forde
Maisiú © 2011 Brian Fitzgerald
Dearadh an leabhair agus an chlúdaigh: Anú Design

Tá Futa Fata buíoch d'Fhoras na Gaeilge faoin tacaíocht airgid.

Faigheann Futa Fata tacaíocht ón gComhairle Ealaíon dá chlár foilsitheoireachta do pháistí.

the arts council chomhairle ealaíon

Foras na Gaeilge

ISBN: 978-1-906907-29-7

Binjí
Madra ar Strae

scríofa ag
Patricia Forde

maisithe ag
Brian Fitzgerald

Bhí Binjí imithe amú. Sheas sé i lár na sráide ag féachaint ar na cosa ag dul thar bhráid. Cosa le bróga. Cosa le buataisí.
Ach cosa a mháistir ní fhaca sé.

Ansin, chuala sé guth. "Hé!" arsa an guth. "Cé thusa?" "Is mise Binjí" arsa an madra beag. "Agus tá mé ar strae." "Is mise Cloigín," arsa an cat. " Cá bhfuil cónaí ort?" "Tá cónaí orm sa Mhargadh," arsa Binjí. "Sa Mhargadh?" arsa Cloigín. "Cén sort áite é sin?"

"Is iontach an áit é!" arsa Binjí. "Tá iasc úr ann.
Bradán agus scadán agus…"
"Iasc!" arsa Cloigín.

"Cén fáth nár dhúirt tú liom é?
Breathnaigh ar an bhfear sin!"

"Tá carn mór éisc sa bharra rotha aige. Caithfidh go bhfuil seisean ag dul chuig do Mhargadhsa.

Leanaimis é agus tabharfaidh sé abhaile thú!" "Bhuel…" arsa Binjí.
Ach bhí Cloigín imithe. Ar aghaidh le Binjí ina diaidh. D'imigh an fear síos an cnoc,
trasna an droichid agus trí gheata beag. Ansin stop sé. D'fhéach Binjí thart.

"Is iontach an áit é seo" arsa Binjí. "Ach ní hé seo mo Mhargadhsa."

"Cén dochar!" arsa Cloigín. "Inis dom céard eile atá sa Mhargadh seo agat?"

"Bhuel," arsa Binjí. "Tá bláthanna ann agus…." "Bláthanna!" arsa Cloigín. "Cén fáth nár dhúirt tú liom é?" Breathnaigh ar na bláthanna ar na buataisí sin! Caithfidh go bhfuil sise ag dul chuig do Mhargadhsa! Leanaimis í agus tabharfaidh sí abhaile tú!"

"Bhuel…" arsa Binjí. Ach bhí Cloigín imithe.
Ar aghaidh le Binjí ina diaidh.
Suas an tsráid le bean na mbláthanna,
thar stáisiún na traenach, thar an leabharlann
go dtí gur tháinig sí chuig cearnóg.
Ansin stop an bhean. D'fhéach Binjí thart.

"Is iontach an áit é seo" arsa Binjí. "Ach ní hé seo mo Mhargadhsa."

"Cén dochar!" arsa Cloigín. "Inis dom céard eile atá sa Mhargadh seo agat?" "Bhuel," arsa Binjí. "Tá daoine ann. Daoine le ciseáin agus…" "Ciseáin!" arsa Cloigín. "Cén fáth nár dhúirt tú liom é? Breathnaigh ar an gciseán sin! Caithfidh go bhfuil na daoine sin ag dul chuig do Mhargadhsa! Leanaimis iad agus tabharfaidh siad abhaile tú."

"Bhuel…" arsa Binjí. Ach bhí Cloigín imithe.
Ar aghaidh le Binjí ina diaidh.
Chuaigh muintir an chiseáin síos an cnoc
agus trasna na Páirce.
I lár na Páirce, stop siad.

"Is iontach an áit é seo" arsa Binjí.

"Ach ní hé seo mo Mhargadhsa."

"Cén dochar!" arsa Cloigín.

"Inis dom céard eile atá sa Mhargadh seo agat?"

"Bhuel…" arsa Binjí.

Ach ansin stop sé. Bhioraigh sé a chluasa.

"Céard é féin?" arsa Cloigín. "Céard atá feicthe agat?"

"Ní fhaca mé rud ar bith," arsa Binjí. "Ach cloisim rud éigin. Tar liom a Chloigín!"

"Bhuel…" arsa Cloigín. Ach bhí Binjí imithe. Ar aghaidh le Clóigín ina dhiaidh.

Chuaigh siad trasna na Páirce, anuas an cnoc agus tríd an gcearnóg.

Ar aghaidh leo ansin thar stáisiún na traenach, thar an Zú...

... agus trasna an bhóthair go dtí gur tháinig siad chomh fada le péire buataisí.

Ansin stop siad. D'fhéach Binjí suas.

"Ó a Chloigín!" arsa Binjí agus ríméad air. "Is é seo mo mháistir!
Agus is é seo mo Mhargadhsa!"
D'fhéach Cloigín thart ar an margadh.
D'fhéach sí suas ar an bhfear féasógach.

"Agus is ceoltóir é do mháistir?" arsa Cloigín agus a súile ag leathadh le hiontas.

"Sea!" arsa Binjí. "Is ceoltóir den scoth é!" "Ceoltóir?" arsa Cloigín. "Ach cén fáth nár dhúirt tú liom é?"

"Is damhsóir den scoth mise!"
Díreach ansin, thosaigh máistir Bhinjí ag casadh ceoil, port álainn gealgháireach. Thosaigh Cloigín ag damhsa.

Anonn is anall léi, ag léim is ag casadh, í éadrom agus galánta.

Stop na daoine ar fad le féachaint ar an seó.

Leag siad uathu na héisc.

Leag siad uathu na bláthanna.

Leag siad uathu na ciseáin.

Ba ghearr go raibh slua mór bailithe timpeall ar Bhinjí, ar a mháistir agus ar Chloigín.

Is ansin a thosaigh Binjí ag obair.
Thart ar an slua leis agus hata a mháistir
ina bhéal aige. Cling!

Chuala sé na pinginí ag titim isteach sa hata.
"Arís!" arsa an slua. "Ceann eile, le bhur dtoil!"

D'fhéach Binjí thart.

Chonaic sé a chairde ar fad ina thimpeall.

Bhí a fhios aige nach raibh sé ar strae níos mó.

Ba é seo a Mhargadh. Ba é seo a bhaile.

Agus bhí Binjí sona sásta.

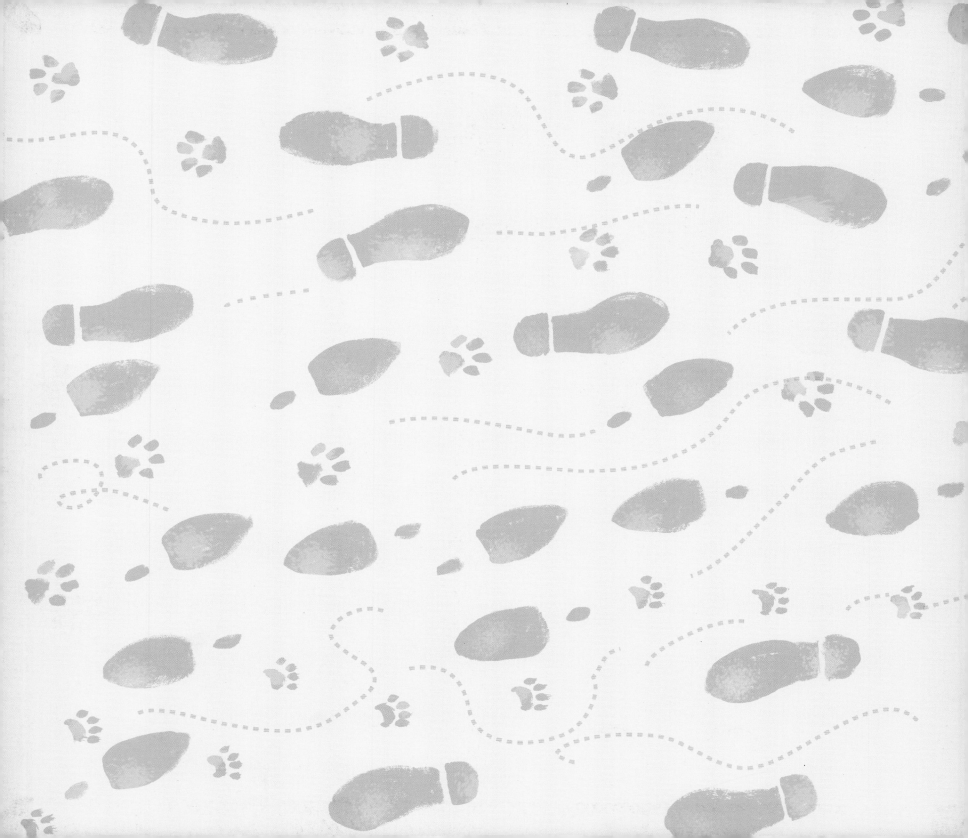